사과가 쿵!

다다 히로시 지음 | 정근 옮김

ㅂ
ㅏ
ㄹ
ㅁ

커다란 커어다란 사과가 …

쿵!

사각 사각 사각
아, 싱싱해.

야금 야금 야금
아, 맛있어.

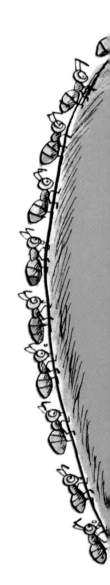

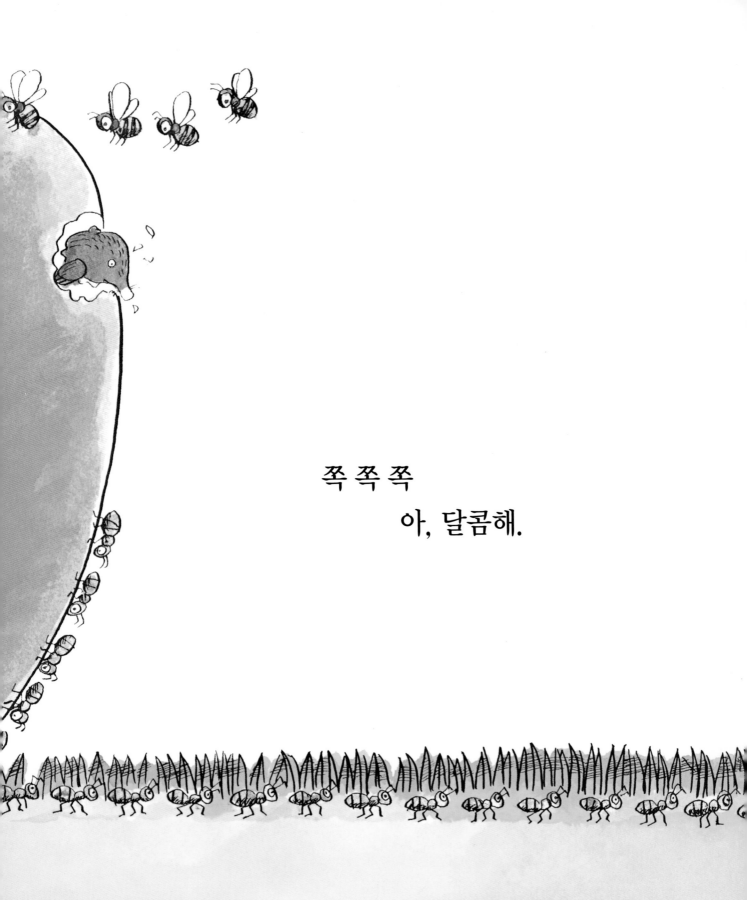

쪽 쪽 쪽
아, 달콤해.

냠 냠 냠
　　아, 맛 좋다.

아삭 아삭 아삭
아, 좋은데.

우적 우적 우적

날름 날름

와사삭 와사삭

날름 날름 쪽 쪽

모두들 배부르게
잘 먹었습니다.

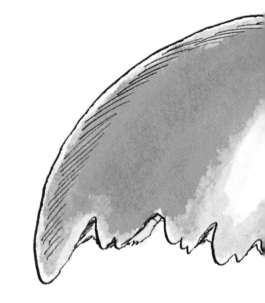

아!
비가 내리네.

하지만 걱정 없어요.

지은이 **다다 히로시**(多田 ヒロシ)는 일본 도쿄에서 태어났다.
무사시노 미술대학에서 디자인을 공부했고 그림책 작가면서 만화가로도 활동하고 있다.
일본 아동출판미술가연맹 회원이다.
작품으로는 그림책 《같아요 똑같아》, 《누구일까》, 《무엇일까》, 《하늘에서 온 물고기》, 《난쟁이와 달걀》 들이 있다.
이 책 《사과가 쿵!》은 일본도서관협회 선정 도서이다.

옮긴이 **정근**은 어린이를 위한 동화, 뮤지컬, 극본, 노랫말을 썼으며 동요 작곡가로도 활동하고 있다.
지은 책으로는 《이런 말 하면 안 되는데……》, 그림책 《자장 자장》, 《마고할미》 들이 있으며,
동요 음반으로 《안녕 안녕》이 있고 대표곡으로 '텔레비전에 내가 나왔으면', '우체부 아저씨' 들이 있다.

세계 걸작 그림책 지크

사과가 쿵!

다다 히로시 글 · 그림 | **정근** 옮김

초판 1쇄 발행 1996년 8월 30일 · **초판 43쇄 발행** 2007년 2월 15일
펴낸이 권종택 · **펴낸곳** (주)보림출판사 · **출판등록** 제406-2003-049호
주소 413-756 경기도 파주시 교하읍 문발리 출판문화정보산업단지 515-2
전화 031-955-3456 · **전송** 031-955-3500 · **홈페이지** www.borimpress.com
ISBN 978-89-433-0234-4 77830 · **ISBN** 978-89-433-0217-7(세트)